# Où est le ciel ?

## Et autres contes sauvages

**Eloïse Desseauve**
**&**
**Diane Pelly**

# Où est le ciel ?
## Et autres contes sauvages

LE LYS BLEU
ÉDITIONS

ISBN : 979-10-377-7942-7

**Illustrations**
Diane Pelly

*Les contes ont le pouvoir de venir toucher notre être le plus profond par le détour du récit imaginaire.*

*Les histoires m'accompagnent depuis mon enfance. Devenue adulte, les mots sont venus à moi pour qu'à mon tour je diffuse un peu de cette puissance magique.*

Eloïse Desseauve

# Où est le ciel ?

Étrangement ce matin, en ouvrant les yeux, le ciel bleu a disparu.

Je referme les paupières, remets la couette par-dessus ma tête et me laisse glisser dans la somnolence comme dans un duvet de nuage.

Mais quand j'émerge de nouveau, 10 minutes plus tard, à l'appel de mon réveil, l'illusion ne s'est pas dissipée.

À la place du grand ciel bleu se tient le vide. L'espace laissé par le ciel disparu ressemble au ciel, pourtant, on ne peut douter de son absence. Aucun oiseau ne trouble le grand vide, aucune trace d'avion ne vient le strier, aucune étoile tardive ne joue avec lui. Il n'est plus là, c'est tout.

Ce n'est pas vraiment une catastrophe ; je ne suis ni un oiseau, ni un avion, ni une étoile… et pourtant… Pourtant mon cœur frappe contre ma poitrine plus fort qu'il ne le devrait, pourtant mes yeux sont légèrement plus humides que nécessaire, pourtant ma bouche urge de hurler : « Où es-tu ? » Comme si le grand vide du ciel résonnait dans le vide de chacune de mes cellules. Comme si l'absence du ciel avait une présence que sa présence assurée n'avait jamais eue.

Je n'ai pas le choix, je dois partir à la recherche du ciel.

Mais par où commencer ? S'il était encore là, j'aurais pu tenter l'escalade de la plus haute montagne ; s'il était encore là, j'aurais pu le chercher à la cime des séquoias géants, mais où chercher le ciel absent ?

Et pourquoi a-t-il disparu ?

Je n'ai aucune idée de la direction à prendre, mais j'aurais probablement besoin de mes chaussures de rando, d'un gros gilet de laine, de biscuits et d'eau pour la route. Je ferme la porte à clé et plonge dans la grande ville.

Dans les rues, les passants font comme si de rien n'était. Je les interpelle : « Vous avez vu le ciel ? Vous savez où je peux le chercher ? »

On me regarde en haussant les sourcils, certains poussent des soupirs d'agacement, d'autres murmurent : « Elle est folle… »

Alors je marche de plus en plus vite entre les immeubles…

« Vous avez vu le ciel ? » je traverse les avenues au son des klaxons.

« Vous avez vu le ciel ? »

Je cours maintenant et ma question est un cri :

— Vous avez vu le ciel ?

— Non, je ne l'ai pas vu aujourd'hui.

Je me retourne, personne.

— Je pensais qu'aucun humain n'avait remarqué son absence.

Je me retourne de nouveau, personne. À mes pieds, un serpent me regarde. Enfin… j'ai l'impression qu'il me regarde.

Aujourd'hui le ciel a disparu, alors je peux bien parler avec un serpent. Je l'observe. Je me dis qu'avec ses écailles aux reflets bleu lapis-lazuli il aurait fait un beau ciel de nuit.

— Je cherche le ciel, sais-tu où je peux le trouver ? Et pourquoi il a disparu ?

— Il est parti.

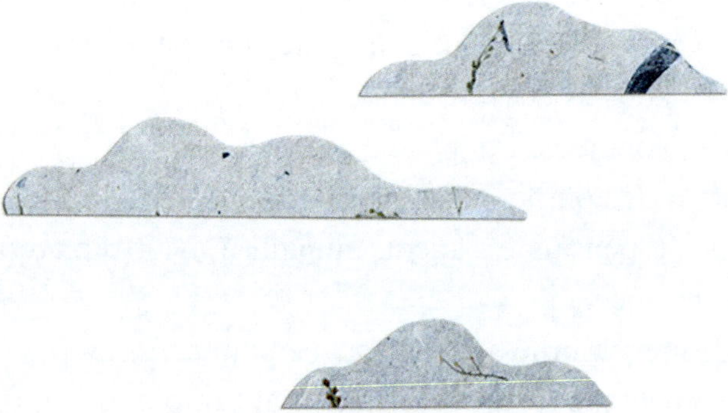

Je m'effondre. Je n'avais pas imaginé que le ciel put être parti de son plein gré. Kidnappé ? Mort ? Peut-être. Mais parti…

— Il en avait marre de vous regarder vous battre ; il a ramassé les oiseaux et les nuages et il s'en est allé. Tout simplement.

— Où ça ?

— Dans le monde à l'envers où les habitants vivent dans l'amour et l'entraide.

— Comment m'y rendre ? Je veux le convaincre de revenir.

— Si tu marches jusqu'au Bout du Monde, tu trouveras un cairn. Si tu creuses sous ce cairn, tu trouveras une porte. Si tu ouvres la porte, tu trouveras le monde à l'envers.

Alors je pars pour le Bout de Monde. J'ai de la chance, il n'est pas si loin. J'ai bien fait de prendre mon gros gilet de laine, on dit qu'il fait froid là-bas.

Quand je descends du train à la gare du Bout du Monde, les quais sont vides, il n'y a personne pour m'indiquer le chemin du cairn. Le train lance son sifflement et je le regarde disparaître. Il est tard, probablement, mais sans le ciel, pas de nuit. La couleur fadasse du grand vide reste là sans bouger. Ce soir, aucune constellation ne viendra dessiner de chariot dans le bleu foncé. Là-bas, dans la grande ville, on doit commencer à comprendre que quelque chose ne tourne pas rond.

Je sors de la gare. Un vieux panneau en bois indique : « Chemin du Bout du Monde ». Je fais un tour sur moi-même pour voir si quelqu'un peut confirmer la direction. Non, personne.

Alors, mes chaussures de rando et moi entrons sur ce chemin.

Étroit, il serpente entre les grands arbres. Comme ils doivent être tristes que le ciel soit parti. Qui viendra s'amuser dans leurs feuilles ? Et les fleurs, qui leur dira d'aller se coucher ? Je marche depuis plusieurs heures déjà et le chemin continue sa route.

Mes pieds commencent à me faire mal et les biscuits sont finis.

Je suis fatiguée et mes jambes traînent de tristesse. Même si je retrouve le ciel, comment le convaincre de revenir ? Il a raison, nous ne lui offrons pas un spectacle très enthousiasmant.

J'avance pas après pas. Je distingue maintenant le cairn. Il grandit comme j'approche, il est gigantesque.

Je ne me réjouis pas d'arriver à ses pieds, je réchauffe juste mes mains en soufflant dessus et je commence à le démonter. Je m'entoure d'un champ de pierres. Plusieurs heures plus tard, la terre est libérée, je commence à creuser. Je ne prends pas la peine de chercher une pierre plate qui pourrait m'aider, je creuse à mains nues, agenouillée sur le sol. La terre comble les sillons des lignes qui strient mes paumes, elle s'enfonce sous mes ongles et bientôt c'est elle qui creuse ma peau et la met à vif. J'enrage. J'enrage contre le ciel qui m'a abandonnée et contre moi qui cours après lui. Il ne veut pas de nous ?

Je n'ai pas besoin de lui ! Et pourtant, je creuse, malgré la douleur, jusqu'à dégager une porte en bois.

Je suis en haut d'une montagne. Le ciel s'étend devant moi, immense et majestueux. J'ai le souffle coupé. J'entends le ciel rire des oiseaux qui se poursuivent entre ses cellules, je ressens sa plénitude devant le monde paisible qui s'étale devant ses yeux. Chaque pore du monde à l'envers transpire la douceur. De quel droit priver le ciel de cette tendresse infinie ?

Alors, je ne le supplie pas, je ne l'accuse pas, je ne lui lance pas les arguments du pourquoi du comment… Je lui dis juste : « Dis, quand reviendras-tu ? » Et je pars découvrir ce monde à l'envers et j'explore comment, alors qu'il ressemble tant au monde à l'endroit, l'enthousiasme, la joie, la gentillesse le rendent tout autre. Et un jour, je repars vers la porte en bois, nourrie d'amour et de bonté, prête à les rayonner moi-même à mon monde… si le ciel ne revient pas.

# Jour/Nuit

Blanche vivait dans un monde en noir et blanc.

Ombres tranchées, trouées de lumière, nuits obscures, jours éblouissants. Le monde en noir et blanc de Blanche respirait à un rythme régulier ; le rythme du tic-tac de l'horloge, de la vie bien réglée, de jours et nuits de 12 h, le soleil prenant grand soin de ne pas empiéter sur le temps de la nuit. Dans le monde de Blanche, le noir et le blanc ne se mélangeaient pas, mais certains accords avaient été passés. Ainsi, des points blancs étaient autorisés à parsemer le ciel noir et l'ombre de toute chose avait le droit de s'inscrire sur la terre pendant la journée. Mais la plupart des territoires avaient été conquis par le blanc ou le noir et restaient monochromes. Dans ce monde, la place de Blanche était de servir la lumière.

Elle parcourait chaque jour les 9 $km^2$ qui lui avaient été attribués et veillait à ce que nulle ombre n'empiétât plus sur le sol lumineux que ne le permettait l'accord. Elle repoussait ici un fil noir qui perturbait la surface blanche, priait une ombre, qui prenait un peu trop ses aises, de mieux se tenir. Une heure avant l'inversion jour/nuit, elle rentrait s'enfermer chez elle. La présence de Blanche au cœur de la nuit eût été un affront à l'accord. Elle ne pouvait donc voir que le serviteur de la nuit arpentait à sa suite les mêmes 9 $km^2$, priant les lucioles de bien vouloir briller ailleurs, et les feux follets de rester discrets. Non pas qu'il n'appréciait pas leurs danses, mais c'était son rôle de veiller à l'ordre du monde et il le remplissait.

Jour/nuit
Jour/nuit
Jour/nuit

Imperturbablement recadrer l'ombre.
Imperturbablement chasser un brin de lumière.

Parfois, pendant l'heure des ombres, l'homme de la nuit s'accordait une courte pause. Oh, rien qui ne l'empêcha d'accomplir son devoir, mais, pendant un court instant, il levait les yeux au ciel et contemplait les pointillés de lumière au cœur du noir. Et pendant ce court instant, il ne se demandait pas s'il y avait le nombre de points négociés ni si la taille de chacun était de la taille admise… non, pendant ce court instant il ne se demandait rien. Il était. Et puis, il revenait à lui et reprenait l'inspection.

Au petit matin, avant l'inversion nuit/jour, il courait se mettre à l'abri chez lui ; sa simple présence au cœur de la lumière eût été un affront à l'accord. À l'image de Blanche et de l'homme, la moitié de la population vivait le jour et l'autre la nuit. Le nombre de naissance était contrôlé pour que le nombre d'habitants reste strictement identique. Il se trouvait que les bébés en surnombre mouraient naturellement à la naissance.

Ça tombait bien.

Plusieurs tests de répartition de la population avaient été effectués avant de trouver cette perfection. Ainsi, il y avait eu un temps où les femmes vivaient le jour et les hommes la nuit, mais avec les morts et sans reproduction possible, le jour et la nuit craignaient de manquer de serviteurs. Blanche avait également entendu parler d'une époque où chacun pouvait choisir la couleur de sa vie.

Ce devait être le chaos ! et Blanche aimait bien que les choses soient claires.

Un jour que la jeune femme avait presque fini d'arpenter son secteur, elle vit un serpent qui se lovait autour d'une branche. Alors qu'elle l'observait (car elle se méfiait instinctivement de cet animal et que celui-ci semblait particulièrement louche), elle vit l'ombre du reptile glisser lentement le long de la branche, ramper le long du tronc, serpenter au sol à l'ombre des feuillages puis, comme si tout cela était parfaitement normal, continuer son chemin dans la lumière, tandis que le corps du reptile restait sur la branche.

L'ombre du serpent ondulait tranquillement sur le blanc.

Blanche était tellement interloquée par ce manque de savoir-vivre qu'elle mit quelques secondes à réagir : « Hé toi, l'ombre de serpent, retourne vite sous la peau de ton propriétaire ! » Mais l'ombre continuait à s'éloigner en zone blanche. La jeune femme la poursuivait, l'exhortant à respecter les lois, mais elle ne pouvait qu'exhorter, car l'ombre était insaisissable. Craignant finalement d'être punie de n'avoir pu se faire obéir, Blanche superposa sa propre ombre sur celle du serpent pour qu'il ne soit plus en infraction. Et ainsi, elle s'éloigna de l'arbre.

L'inversion jour/nuit la prit au dépourvu. Dans sa panique à gérer l'anarchiste, elle en avait oublié l'essentiel : Blanche était dehors, au cœur de la nuit, brisant ainsi les règles de l'accord. Sa peau diaphane scintillait, anomalie dans le noir, signal de sa présence qu'elle devait éteindre immédiatement. Mais où cacher le blanc au cœur du noir ? Que se passerait-il si elle était découverte ? Probablement quelque chose de terrible ; elle était déjà étonnée que le monde fût encore debout, que les arbres dressent encore leurs ramures, que les montagnes ne s'effondrent pas, que les étoiles ne dégringolent pas… Les étoiles ! C'était ça la solution ! Elles projetaient un halo régulier à des endroits bien précis sur la terre ; il suffisait qu'elle se tienne dans ce halo pour que le blanc revienne dans le blanc.

Courir à la recherche d'un refuge la réchauffa, car en même temps que l'inversion des couleurs, la température avait chuté. Sa simple tunique blanche ne pouvait la réchauffer, sa peau était constellée de petits grains de chair de poule.

Le halo qu'elle trouva avait une circonférence très réduite ; la négociation avait dû être dure. Malgré ses efforts, son corps, pourtant menu, ne pouvait être contenu entier dans cet espace. Elle avait beau se tenir bien droite, les pieds serrés l'un contre l'autre, en rentrant ses fesses, son ventre et sa tête dans ses épaules, elle dépassait !

C'est dans cette position que le gardien de la nuit la découvrit : « Vous dépassez ! l'interpella-t-il. Déjà je ne suis pas certain que vous ayez le droit d'être ici, mais en plus vous dépassez. » L'homme s'exprimait sans agressivité, constatant le fait sans bien savoir quoi en faire.

Déstabilisé par la vision de cette jeune femme blanche, brillante autant que le halo d'étoile dans lequel elle tentait de se tenir avec une bonne volonté évidente, son premier réflexe avait été de se raccrocher à son rôle et de la rappeler à l'ordre ; mais quand il la vit fondre en larme, il ajouta : « Ne pleurez pas, vous ne dépassez pas tant que ça, on va trouver une solution. ».

Blanche était mortifiée : « C'est terrible, j'ai commis une terrible erreur. » Elle raconta comment elle s'était retrouvée piégée. Tout d'abord effrayée par l'apparition de ce gaillard au corps couleur de nuit que seuls les dents et le blanc des yeux permettaient de vraiment distinguer, Blanche avait rapidement abandonné toute retenue pour plaider sa cause. Ses larmes se tarissaient en même temps qu'elle voyait l'homme l'écouter sans crier au scandale.

— Bon, dit l'homme, il faut qu'on arrive à vous ramener chez vous sans enfreindre la loi. Vous ne pouvez pas rester ici… Il faut demander à votre ombre de vous envelopper le temps du trajet.

— Mon ombre ? Mais, je ne parle pas à mon ombre ! Et puis je ne veux pas qu'elle m'enveloppe, imaginez qu'elle reste collée et qu'elle ne veuille plus déguerpir !

— Comment ça vous ne parlez pas à votre ombre ? Mais comment faites-vous pour ne pas vous ennuyer toute la journée et résoudre vos dilemmes ? Vous êtes fâchées toutes les deux, c'est ça ?

— Non, nous ne sommes pas fâchées, rétorqua Blanche, je ne lui parle pas, c'est tout. Et arrêtez de me harceler avec ça, elle ne me parle pas non plus !

— Normal, murmura l'ombre, à chaque fois que je te parle tu fais comme si tu ne m'entendais pas…

Et Blanche l'ignora.

— Bon, écoutez, je vais vous prêter mon ombre, proposa l'homme.

C'est ainsi que l'ombre de l'homme de la nuit remonta lentement le long des chevilles, des mollets, des cuisses, des hanches de Blanche jusqu'à l'envelopper tout entière. Elle avait l'impression d'une seconde peau, comme une vague qui lui lécherait le corps… Elle s'abstint bien évidemment de partager avec l'homme quelle sensation délicieuse c'était que d'être dans son ombre.

L'inversion nuit/jour eut lieu alors qu'ils arrivaient devant la porte de chez la jeune femme. Blanche attrapa la main de l'homme et l'entraîna rapidement à l'intérieur pour qu'il ne reste pas dans la lumière. L'intérieur de la maison de Blanche était simple. Un cube de neuf mètres sur neuf, un mobilier spartiate. Pourtant, l'ensemble ne manquait pas de chaleur.

La couette et l'oreiller semblaient moelleux, de petites fleurs blanches reposaient dans un joli vase en porcelaine sur l'établi de la cuisine. Alors que l'homme s'appropriait l'espace du regard, Blanche remettait un coussin en place ici, réalignait les chaises le long de la table…

— Excusez-moi, vous pouvez me rendre mon ombre ?

— Oh oui, pardon !

L'ombre se déroula du corps de Blanche pour se nicher sous les pieds de son propriétaire. Quand le raccord se fit, l'homme sentit un petit frisson de plaisir.

— Je dois filer au travail, dit Blanche, le plus sage est que vous restiez ici jusqu'à la nuit. Installez-vous, faites comme chez vous.

Blanche claqua la porte derrière elle, avant de la rouvrir aussitôt avec un grand sourire : « Et merci ! »

La journée se déroula sans surprise. Blanche recroisa l'ombre du serpent, mais celle-ci resta bien à sa place. La jeune femme rentra chez elle un peu avant l'inversion jour/nuit. C'était une sensation étrange d'ouvrir sa porte sur cet homme entièrement noir au milieu de sa maison blanche. Quand elle s'approcha de lui, elle vit son ombre frôler celle de l'homme.

L'homme quitta la cabane dès que la nuit tomba. Et bizarrement, Blanche ne fut pas étonnée quand il revint au petit matin. Personne ne dit rien, mais désormais ils vivaient tous les deux ici, parlant uniquement le temps du sas entre leurs heures de travail. À vrai dire, ni l'un ni l'autre n'était très loquace… enfin, Blanche surtout. L'homme avait installé un petit coin pour lui, s'appropriant le canapé comme lit. Ils préparaient ensemble le petit déjeuner et le dîner qu'ils partageaient. L'homme avait commencé à prendre une marge un peu plus importante avant l'inversion nuit/jour. Blanche n'avait pas compris que c'était pour grappiller du temps avec elle. Son ombre avait essayé de lui parler de la situation : « Je crois bien qu'il est amoureux de toi… » mais Blanche refusait de parler de ça, ils vivaient ensemble c'est tout. C'était plus pratique pour la préparation des repas. Et c'est vrai que sa présence était agréable et qu'il faisait plus chaud quand il était là, mais de l'amour non !

Il protégeait le Noir tout de même et elle servait le Blanc !

Un jour, l'ombre interrogea Blanche : « Pourquoi le Blanc et le Noir doivent-ils être séparés ? ». Blanche l'ignora, mais comme l'ombre insistait, elle la rabroua ; si le Jour et la Nuit en avaient décidé ainsi c'est que c'était le plus sage. Oui, des familles avaient été séparées et oui l'égalité parfaite nécessitait des sacrifices. Mais l'ordre régnait, chacun avait sa place et y restait. Personne n'avait plus qu'un autre, le Blanc pas plus que le Noir. Beaucoup de gens travaillaient comme elle à faire respecter ce fragile équilibre, car que se passerait-il si des éléments blancs ou noirs commençaient à vouloir prendre plus de place ou pire, à se mélanger ? On aurait des bananes grises ?

Un matin, l'homme de la nuit arriva avec un magnifique bouquet de fleurs blanches. Il expliqua à la jeune femme qu'il la trouvait belle comme le jour et brillante comme une étoile et qu'il aimerait bien se marier avec elle. Blanche rit. Il n'y pensait pas ? Il n'était pas sérieux ? Si ? Mais enfin, mélanger le blanc et le noir ! À la fin, elle devint carrément insultante : jamais elle n'accepterait !

Puis ce fut le moment de partir au travail, elle ne voulait pas être en retard pour une conversation aussi absurde. Elle ferma la porte en lui souhaitant une bonne journée. Quand elle la rouvrit le soir, la maisonnette était vide. Le canapé avait repris sa place, aucun bruit de cuillère tournant dans la casserole n'animait l'ambiance, aucun sourire n'illumina de visage. Blanche se coucha directement et s'endormit d'un sommeil sans rêve.

Quand elle s'éveilla, ses membres étaient engourdis, elle se sentait lourde, nauséeuse. Elle prépara machinalement le café, mais ne se délecta pas de son odeur. C'est seulement quand elle sortit qu'elle s'aperçut que son ombre avait disparu. Un tel brouillard flottait dans son cerveau qu'elle ne pouvait même pas imaginer les conséquences d'une telle disparition. La journée passa. Elle arpentait l'espace, les yeux à demi clos, d'un pas régulier sans vigueur.

Ce jour-là et les suivants, elle vit l'ombre du serpent partir en balade sans réagir. Les jours se succédèrent dans cette demi-torpeur. Les ombres se permettaient de s'étaler de tout leur long, elles allaient chatouiller la lumière et s'amusaient de ses tressaillements offusqués. Blanche rentrait chez elle le soir sans avoir rabroué personne, sans satisfaction… Une nuit, on frappa à la porte. L'homme qui un jour lui avait prêté son ombre se tenait devant elle :

— Bonjour, Blanche, pardon de te déranger. As-tu remarqué une agitation depuis quelque temps ? Le

Blanc et le Noir se chamaillent dans notre secteur. On me dit que tu ne les tiens plus pendant tes heures de garde… Blanche ? Blanche ? Qu'est-ce qui t'arrive ?

Blanche s'était assise et des larmes coulaient sur ses joues.

— Je ne sais pas ce qui m'arrive, c'est depuis que mon ombre est partie, je ne suis plus que l'ombre de moi-même… enfin, tu vois ce que je veux dire… Je n'arrive pas à me concentrer, j'ai la sensation de vivre dans un nuage.

L'homme s'assit près d'elle.

— Tu as cherché à la retrouver ?

— Non, je n'en ai pas la force, je ne sais déjà pas comment traverser la journée. Alors l'homme lui prit la main.

— Allez, viens, on y va.

Du haut d'un arbre, au cœur de la nuit, un hibou vit passer une lumière en forme de femme. Elle marchait le bras en avant comme tirée par une force invisible. À bien y regarder, cette force, c'était un homme.

La femme semblait flotter, flamme dans le noir.

Elle irradiait de sa lumière les éléments qu'elle approchait, révélant fugacement l'écorce d'un tronc, des pétales à ses pieds. La flamme se laissait emporter par cet homme comme par le vent. Mais le vent n'avait aucune idée d'où aller. Et il tirait la lumière toujours plus avant pour le plaisir de sa main dans la sienne, parce qu'il était bon de sentir le poids de son corps frêle à sa suite.

À un moment, une voix les interpella. Ils avaient dû passer dans le secteur d'un autre qui ne parvint pas à les rattraper. Ils marchèrent ainsi jusqu'à ce que le ciel bascule dans le Blanc, en un simple clin d'œil. L'éblouissement les fit stopper. Ils étaient près d'une cascade. Dans leur rêve, ils n'avaient pas entendu son rugissement qui maintenant leur semblait effrayant. Jamais ni l'un ni l'autre n'avaient quitté leur secteur. Leurs parents étaient nés ici, comme les parents de leurs parents. Dans leur secteur, il n'y avait pas de chute d'eau. Il n'était pas interdit de sortir de leur zone, mais, en tant que gardiens, ils n'en avaient pas le temps.

Blanche et l'homme de la nuit se tenaient toujours par la main.

Ensemble, ils s'approchèrent de la vasque qui retenait une partie de l'eau avant de la laisser s'enfuir en torrent.

Ensemble, ils entrèrent dans cette eau délicieuse et Blanche se souvint de la sensation de l'ombre de l'homme l'enveloppant.

Ils s'immergèrent, savourant le bruit désormais assourdi du mur d'eau. Quand ils ressortirent, Blanche se tourna vers l'homme :

« Au fait, tu t'appelles comment ? »

Blanche et Nox ne savaient pas dans quelle direction poursuivre leur recherche. L'ombre de Nox se tourna vers la jeune femme :

— Ton ombre est très téméraire. Elle m'a souvent demandé des explications sur ce monde et la séparation Blanc/Noir. Peut-être est-elle allée voir le Jour et la Nuit pour leur demander directement ?

— Oui, c'est bien son genre de tout vouloir comprendre, elle n'en fait qu'à sa tête, acquiesça Blanche.

— Et toi, Blanche, tu n'es pas du tout têtue ! lança l'homme avec un sourire faisant pardonner son impertinence.

Mais où aller ? C'est alors qu'une ombre de serpent longea la paroi rocheuse et passa derrière la cascade, révélant un chemin.

Blanche et Nox la suivirent. Derrière l'eau, une grotte s'enfonçait dans le corps de la terre. Ici, c'était le royaume de la Nuit. Blanche brillait comme une lanterne. Elle grelottait de froid, la Nuit la dévorait.

« Prends mon ombre, Blanche, ce sera plus facile pour avancer discrètement ». Immédiatement, elle se sentit mieux. Reprenant la main de Nox, elle posa l'autre contre la paroi pour avancer dans le boyau que formait désormais la grotte. Il lui sembla marcher des heures. Depuis longtemps, elle et Nox avaient cessé de parler, attentifs à adapter leurs pas aux irrégularités de la roche. Parfois, ses cheveux se prenaient dans une stalactite et elle poussait un petit grognement de peur. Contrairement à Nox, elle n'était pas dans son élément. Elle ne voyait rien. Peu à peu, pourtant, la présence de l'ombre sur elle lui permit de se détendre. Ses petits grognements signifiaient désormais l'agacement et non la peur. Elle pouvait apprécier sous ses doigts les changements de texture de la pierre, tantôt rugueuse, tantôt plus lisse, parfois tendre, parfois humide. À ne pas distinguer son propre corps, sa conscience d'elle-même devenait tout autre. Un souffle de vent lui révélait ses jambes, une goutte d'eau lui indiquait l'emplacement de son visage. Confondue à la nuit, elle se sentait Voie lactée. Tout était possible dans ce noir. Son corps devenait l'immensité ; et puis une stalactite retenait ses cheveux et elle redevenait femme.

Soudain, Nox la repoussa en arrière : « Attention ! Le chemin s'est effondré, j'ai failli tomber dans le gouffre. »

Gouffre, gouffre, gouffre… l'écho de sa voix rendait la menace plus angoissante. Tout ça pour ça, tout ce chemin pour être finalement stoppé par un éboulement. C'est alors qu'une voix dit :

— Ce n'est pas un éboulement, le chemin mène exactement ici, vous êtes arrivés. Blanche reconnut la voix de son ombre.

— Arrivés où ?

— Dans la demeure de la Nuit et du Jour.

— Quoi, ils vivent ensemble ?

— Vivre… c'est un bien grand mot… Ils cohabitent. Une sorte de colocation désastreuse si vous voulez.

— Où es-tu ?

— Je suis là.

— Où es-tu mon ombre ?

— Attends je me glisse vers toi… Blanche sentit une présence douce s'approcher d'elle.

— Je suis désolée, dit-elle. Désolée de ne pas t'écouter…

— Et moi je suis désolée d'être partie, répondit l'ombre.

Je n'aurais pas dû te laisser, mais en même temps tu m'as bien fait comprendre que tu n'avais pas besoin de moi.

— Eh bien… en fait…

L'ombre de Nox se désunit aussi discrètement que possible du corps de Blanche pour que sa propre ombre puisse prendre sa place.

— Oh, mais tu me vas comme un gant ! s'étonna celle-ci.

— Irrattrapable ! commenta l'ombre, tu n'as toujours pas compris que nous sommes indissociables ?

— Si… non… enfin… tu es mon contraire.

— Je ne suis pas ton contraire, je suis ta complémentaire !

— Je ne sais pas… Tu sais bien que le Blanc et le Noir ne doivent pas se mélanger…

— Ah oui ? Et dis-moi, comment t'es-tu sentie en mon absence ?

— … Absente.

Hum, hum… le petit raclement de gorge de Nox les ramena à leur situation.

— Tu disais que le Jour et la Nuit vivent ici ?

— Oui, je vis ici, gronda une voix profonde, et vous troublez ma méditation.

— Pardon, pardon Monsieur Nuit, je ne vous avais pas vu dans tout ce noir, s'excusa Nox.

— Il est sympathique, mais un peu ronchon, chuchota l'ombre de Blanche.

— Vous êtes là pour nous convaincre de nous réconcilier ? reprit la Nuit. N'y pensez pas, votre ombre n'y est pas parvenue.

Blanche et Nox perplexes ne répondirent pas.

— JAMAIS je n'accepterai de partager de nouveau ma couche avec le Jour.

— Oh, mais vous pouvez partager votre couche avec qui vous voulez, Monsieur Nuit, répondit un Nox peu rassuré tentant d'apaiser la voix qui tonnait.

— Pour rien au monde je n'aurais accepté de toute façon, intervint la voix claire et enveloppante du Jour.

Apparaissant tel un jet de lumière traversant le gouffre, le Jour révélait le corps majestueux de la Nuit. Il était gigantesque, comme un énorme galet noir poli par le temps, un galet mouvant chacun de ses atomes, recomposant sa forme à chaque respiration. Le jet de lumière s'arrêta au-dessus de sa masse. Les filaments du Jour scintillaient, s'enroulaient sur eux-mêmes avant de grandir à nouveau en une danse magnétique hypnotisante. Plus personne ne disait rien.

La lumière du Jour illuminait maintenant tout l'espace et Blanche prit la main de Nox.

L'ombre de la jeune femme rompit le silence en chuchotant :

— Je crois qu'ils s'aiment encore… Je n'avais pas compris jusqu'à maintenant. Je savais que c'était la séparation de ces deux fous qui était à l'origine de notre monde. J'ai passé beaucoup de temps avec l'un et l'autre. Mais je croyais qu'ils se détestaient… Mais maintenant que tu es là Blanche, je vois autre chose. Je vois l'amour.

— Oui, moi aussi maintenant je vois l'amour, répondit Blanche en se tournant vers Nox.

Bleu céladon, jaune tournesol, rouge pivoine, vert émeraude, vert jade, vert d'eau, bleu azur, rose timide, vert canaille, bleu foudroyant, violet pourpre, marron châtaigne… milles nuances de couleurs dansaient à présent devant les yeux de Blanche et Nox.

Le Jour et la Nuit avaient cessé leurs enfantillages, toutes les couleurs de la vie s'étaient alors échappées de la grotte allant s'incruster dans les pierres, peindre les paysages, courir sur le sol, barbouiller les visages… La Terre respirait de leurs joies, de leurs improvisations.

La Terre riait de leur imagination. Un arc-en-ciel ! Mais qui aurait pensé à inventer une chose pareille ! Un caméléon… c'en était trop ! Les humains et les animaux s'esclaffaient de tant d'audace et avaient les larmes aux yeux de tant de féérie.

Jour et Nuit, réconciliés, ne partageaient pas la même couche, mais s'étaient libérés de leur rancune. Le Blanc et le Noir s'étaient mélangés et avaient donné naissance à un nouveau monde de couleurs.

Aucun gardien n'arpentait plus l'espace à la recherche d'infraction, les hommes et femmes passaient leur temps à s'enivrer de la beauté du monde, qu'il fasse jour ou nuit.

# Les loups

C'est l'histoire de deux enfants qui vivent dans une clairière au cœur de la forêt. Ils ne se souviennent plus depuis quand ils sont juste tous les deux, mais ils n'ont jamais manqué de rien. Tous les matins, ils trouvent devant la porte ce dont ils ont besoin : fruits sauvages, légumes, et même une bouteille de lait… Parfois ils se rendent compte, dans un moment fugace, que ce n'est pas tout à fait normal d'être seuls comme ça et ils se souviennent que d'autres enfants, dans d'autres lieux, ont des parents pour prendre soin d'eux. Mais finalement ils vivent leur vie, se chamaillent, courent après les oiseaux, jouent à saute-mouton…

Tout se passe bien… Jusqu'à la nuit.

La nuit est un moment terrible, car les loups viennent rôder autour de la cabane. Les enfants, cachés au fond de leur lit, les entendent tout d'abord hurler au loin. Puis les hurlements se rapprochent jusqu'à la fenêtre. Vient ensuite le bruit des griffes contre la porte.

Le petit garçon et la petite fille s'endorment chaque soir avec les pas furtifs des loups comme berceuse inquiétante.

Un matin, au réveil, la petite fille appelle le petit garçon. Comme il ne répond pas, elle croit qu'il joue à cache-cache. Elle regarde sous l'évier, dans l'horloge, derrière le rideau… Mais ensuite, elle s'aperçoit qu'une chaise est renversée, qu'un bol est cassé… Quelque chose ne tourne pas rond. Elle se précipite à l'extérieur de la maison et découvre une grosse empreinte de loup !

Les loups ont enlevé son frère !

Elle n'hésite pas une seconde ; ils ne vont pas s'en tirer comme ça.

Elle se prépare à la guerre, se met une casserole sur la tête, un plat à tarte lui servira de bouclier, un barreau de chaise cassé fera office d'épée. Elle commence à suivre les traces qui s'éloignent de la cabane, elle se sent invincible, elle s'imagine déjà terrassant les monstres et sauvant glorieusement le petit garçon. Mais au fur et à mesure que le chemin s'enfonce plus profondément dans la forêt, les percées du soleil à travers les feuillages se font rares, les craquements des branches font tambouriner son cœur, un bruissement d'aile bloque l'angoisse dans sa gorge… Elle sent la peur qui tressaille sous sa peau… Mais elle continue, pas après pas.

Et pas après pas, elle sait qu'elle se rapproche. Elle entend maintenant comme un grognement, là, derrière ce buisson. Elle prend une grande inspiration, lève son épée-chaise et s'élance… et elle tombe sur le petit garçon tranquillement endormi entre les pattes des loups.

La petite fille se demande ce qu'elle doit faire. Elle vient de traverser la forêt pour sauver un petit garçon qui n'a pas l'air effrayé pour un sou. « Hum hum ». Elle se racle la gorge pour attirer l'attention du trio, mais ils dorment comme des souches.

Elle reste un peu là, les bras ballants et puis au bout d'un moment elle pose sa drôle d'épée, enlève la casserole de sa tête, pose son plat à tarte-bouclier… Et puis comme elle ne sait pas bien quoi faire et que ça a l'air tout doux, elle se glisse entre les pattes des loups elle aussi et s'endort.

Quand elle se réveille, ses yeux croisent ceux du petit garçon et ils se jettent dans les bras l'un de l'autre.

Les loups commencent alors à raconter une histoire extraordinaire.

Une histoire dans laquelle ils formaient autrefois tous les quatre une famille tellement unie qu'une méchante sorcière jalouse de cette harmonie avait décidé de les séparer en transformant les parents en loups, les condamnant à faire peur à leurs propres enfants. Chaque jour, depuis leur transformation, les parents-loups sont venus apporter à leurs enfants ce qu'ils avaient réussi à chasser, cueillir ou chaparder dans les fermes alentours…

Pendant des années, ils sont venus chaque soir autour de la maison en espérant que leurs enfants comprendraient…

« Et ce matin, poursuit le petit garçon, je me suis levé avant le soleil.

J'étais en train de boire mon bol de lait quand j'ai vu les loups déposer la nourriture. J'avais très peur au début, mais quand ils sont partis je suis allé à la fenêtre et je les ai vus se retourner à l'orée de la forêt, j'ai vu leurs yeux très doux comme ceux de papa et maman. Je ne voulais pas qu'ils partent alors j'ai pas réfléchi, je me suis précipité dehors et j'ai couru couru couru pour les rattraper et après j'étais tellement fatigué… Quand je les ai retrouvés endormis, je me suis couché avec eux. »

Les loups et les enfants comprennent alors que la sorcière ne peut plus les séparer et qu'ils peuvent de nouveau former une famille, une famille mi-loups, mi-hommes.

## Remerciements

Merci à l'inspiration de la vie, merci à nos familles, à nos amis et à la magie des contes.

Diane & Eloïse

Imprimé en France
Achevé d'imprimer en janvier 2023
Dépôt légal : décembre 2022

Pour

Le Lys Bleu Éditions
40, rue du Louvre
75001 Paris